LIVRES GRAPHYCO

Publié par Graphyco Classiques

Traduction par Ivan Tourgueniev, Louis Viardot et Prosper Mérimée

TABLE DES MATIÈRES

LA DAME DE PIQUE

CHAPITRE I

On jouait chez Naroumof, lieutenant aux gardes à cheval. Une longue nuit d'hiver s'était écoulée sans que personne s'en aperçût, et il était cinq heures du matin quand on servit le souper. Les gagnans se mirent à table avec grand appétit ; pour les autres, ils regardaient leurs assiettes vides. Peu à peu néanmoins, le vin de Champagne aidant, la conversation s'anima et devint générale.

— Qu'as-tu fait aujourd'hui, Sourine ? demanda le maître de la maison à un de ses camarades.

— Comme toujours, j'ai perdu. En vérité, je n'ai pas de chance. Je joue la *mirandole* ; vous savez si j'ai du sang-froid. Je suis un ponte impassible, jamais je ne change mon jeu, et je perds toujours !

— Comment ! dans toute la soirée, tu n'as pas essayé une fois de mettre sur la rouge ? En vérité, ta fermeté me passe.

— Comment trouvez-vous Hermann, dit un des convives en montrant un jeune officier du génie. De sa vie, ce garçon-là n'a fait un paroli ni touché une carte, et il nous regarde jouer jusqu'à cinq heures du matin.

— Le jeu m'intéresse, dit Hermann, mais je ne suis pas d'humeur à risquer le nécessaire pour gagner le superflu.

— Hermann est Allemand ; il est économe, voilà tout, s'écria Tomski ; mais ce qu'il y a de plus étonnant, c'est ma grand'mère la comtesse Anna Fedotovna.

— Pourquoi cela ? lui demandèrent ses amis.

— N'avez-vous pas remarqué, reprit Tomski, qu'elle ne joue jamais ?

— En effet, dit Naroumof, une femme de quatre-vingts ans qui ne ponte pas, cela est extraordinaire.

— Vous ne savez pas le pourquoi ?

— Non. Est-ce qu'il y a une raison ?

— Oh bien ! écoutez. Vous saurez que ma grand'mère, il y a quelque soixante ans, alla à Paris et y fit fureur. On courait après elle pour voir *la Vénus moscovite*. Richelieu lui fit la cour, et ma grand'mère prétend qu'il s'en fallut peu qu'elle ne l'obligeât par ses rigueurs à se brûler la cervelle. Dans ce temps-là, les femmes jouaient au pharaon. Un soir, au jeu de la cour, elle perdit sur parole contre le duc d'Orléans une somme très considérable. Rentrée chez elle, ma grand'mère ôta ses mouches, défit ses paniers, et dans ce costume tragique alla conter sa mésaventure à mon grand-père, en lui demandant de l'argent pour s'acquitter. Feu mon grand-père était une espèce d'intendant pour sa femme. Il la craignait comme le feu, mais le chiffre qu'on lui avoua le fit sauter au plancher ; il s'emporta, se mit à faire ses comptes, et prouva à ma grand'mère qu'en six mois elle avait dépensé un demi-million. Il lui dit nettement qu'il n'avait pas à Paris ses villages des gouvernemens de Moskou ou de Saratof, et conclut en refusant les subsides demandés. Vous imaginez bien la fureur de ma grand'mère. Elle lui donna un soufflet et fit lit à part cette nuit-là en témoignage de son indignation. Le lendemain elle revint à la charge. Pour la première fois de sa vie elle voulut bien condescendre à des raisonnemens et des explications. C'est en vain qu'elle s'efforça de démontrer à son mari qu'il y a dettes et dettes, et qu'il n'y a pas d'apparence d'en user avec un prince comme avec un carrossier. Toute cette éloquence fut en pure perte, mon grand-père était inflexible. Ma grand'mère ne savait que devenir. Heureusement elle connaissait un homme fort célèbre à cette époque. Vous avez entendu parler du comte de Saint-Germain, dont on débite tant de merveilles. Vous savez qu'il se donnait pour une manière de juif errant, possesseur de l'élixir de vie et de la pierre philosophale. Quelques-uns se moquaient de lui comme d'un charlatan. Casanova, dans ses mémoires, dit qu'il était espion. Quoi qu'il en soit, malgré le mystère de sa vie, Saint-Germain était recherché par la bonne compagnie et était vraiment un homme aimable. Encore aujourd'hui ma grand'mère a conservé pour lui une affection très vive, et elle se fâche tout rouge quand on n'en parle pas avec respect. Elle pensa qu'il pourrait lui avancer la somme dont elle avait besoin, et lui écrivit un billet pour le prier de passer chez elle. Le vieux thaumaturge accourut aussitôt et la trouva plongée dans le désespoir. En deux mots, elle le mit au fait, lui raconta son malheur et la cruauté de son mari, ajoutant qu'elle n'avait plus d'espoir que dans son amitié et son obligeance. Saint-Germain, après quelques instans de réflexion : « Madame, dit-il, je pourrais facilement vous avancer l'argent qu'il vous faut, mais je sais que vous n'auriez de repos qu'après me l'avoir remboursé, et je ne veux pas que vous sortiez d'un embarras pour vous jeter dans un autre. Il y a un moyen de vous acquitter. Regagnez cet argent… — Mais, mon cher comte, répondit ma grand'mère, je vous l'ai déjà dit, je n'ai plus une pistole… — Vous n'en avez pas besoin, reprit Saint-Germain : écoutez-moi seulement. » Alors il lui apprit un secret que chacun de vous, j'en suis sûr, paierait fort cher.

Tous les jeunes officiers étaient attentifs. Tomski s'arrêta pour allumer une pipe, resserra sa ceinture et continua de la sorte :

— Le soir même, ma grand'mère alla à Versailles au jeu de la reine. Le duc d'Orléans tenait la banque. Ma grand'mère lui débita une petite histoire pour s'excuser de n'avoir pas encore acquitté sa dette, puis elle s'assit et se mit à ponter. Elle prit trois cartes : la première gagna ; elle doubla son enjeu sur la seconde, gagna encore, doubla sur la troisième, bref, elle s'acquitta glorieusement.

— Pur hasard ! dit un des jeunes officiers.

— Quel conte ! s'écria Hermann.

— C'étaient donc des cartes préparées, dit un troisième.

— Je ne le crois pas, répondit gravement Tomski.

— Comment ! s'écria Naroumof, tu as une grand'mère qui sait trois cartes gagnantes, et tu n'as pas encore su te les faire indiquer ?

— Ah ! c'est là le diable ! reprit Tomski. Elle avait quatre fils, dont mon père était un. Trois furent des joueurs déterminés, et pas un seul n'a pu lui tirer son secret, qui pourtant leur aurait fait grand bien, et à moi aussi. Mais écoutez ce que m'a raconté mon oncle, le comte Ivan Ilitch, et j'ai sa parole d'honneur. Tchaplitzki… vous savez, — celui qui est mort dans la misère après avoir mangé des millions, — un jour, dans sa jeunesse, il perdit contre Zoritch environ trois cent mille roubles. Il était au désespoir. Ma grand'mère, qui n'était guère indulgente pour les fredaines des jeunes gens, je ne sais pourquoi, faisait exception à ses habitudes en faveur de Tchaplitzki. Elle lui donna trois cartes à jouer l'une après l'autre, en exigeant sa parole d'honneur de ne plus jouer ensuite de sa vie. Aussitôt Tchaplitzki alla trouver Zoritch et lui demanda sa revanche. Sur la première carte, il mit cinquante mille roubles. Il gagna, fit paroli ; en fin de compte, avec ses trois cartes, il s'acquitta et se trouva même en gain… Mais voilà six heures ! Ma foi, il est temps d'aller se coucher.

Chacun vida son verre, et l'on se sépara.

CHAPITRE II

La vieille comtesse Anna Fedotovna était dans son cabinet de toilette, assise devant une glace. Trois femmes de chambre l'entouraient : l'une lui présentait un pot de rouge, une autre une boîte d'épingles noires, une troisième tenait un énorme bonnet de dentelles avec des rubans couleur de feu. La comtesse n'avait plus la moindre prétention à la beauté, mais elle conservait toutes les habitudes de sa jeunesse, s'habillait à la mode d'il y a cinquante ans, et mettait à sa toilette tout le temps et toute la pompe d'une petite maîtresse du siècle passé. Sa demoiselle de compagnie travaillait à un métier dans l'embrasure de la fenêtre.

— Bonjour, grand'maman, dit un jeune officier en entrant dans le cabinet. Bonjour, mademoiselle Lise. Grand'maman, c'est une requête que je viens vous porter.

— Qu'est-ce que c'est, Paul ?

— Permettez-moi de vous présenter un de mes amis, et de vous demander pour lui une invitation à votre bal.

— Amène-le à mon bal, et tu me le présenteras là. As-tu été hier chez la princesse *** ?

— Assurément ; c'était délicieux ! On a dansé jusqu'à cinq heures. Mlle Eletzki était à ravir.

— Ma foi, mon cher, tu n'es pas difficile. En fait de beauté, c'est sa grand'mère la princesse Daria Petrovna qu'il fallait voir ! Mais, dis donc, elle doit être bien vieille, la princesse Daria Petrovna ?

— Comment, vieille ! s'écria étourdiment Tomski, il y a sept ans qu'elle est morte !

La demoiselle de compagnie leva la tête et fit un signe au jeune officier. Il se rappela aussitôt que la consigne était de cacher à la comtesse la mort de ses contemporains. Il se mordit la langue ; mais d'ailleurs la comtesse garda le plus beau grand sang-froid en apprenant que sa vieille amie n'était plus de ce monde.

— Morte ? dit-elle ; tiens, je ne le savais pas. Nous avons été nommées ensemble demoiselles d'honneur, et, quand nous fûmes présentées, l'impératrice…

La vieille comtesse raconta pour la centième fois une anecdote de ses jeunes années. — Paul, dit-elle en finissant, aide-moi à me lever. Lisanka, où est ma tabatière ? — Et, suivie de ses trois femmes de chambre, elle passa derrière un grand paravent pour achever sa toilette. Tomski demeurait en tête à tête avec la demoiselle de compagnie.

— Quel est ce monsieur que vous voulez présenter à madame ? demanda à voix basse Lisabeta Ivanovna.

— Naroumof. Vous le connaissez ?

— Non. Est-il militaire ?

— Oui.

— Dans le génie ?

— Non, dans les chevaliers-gardes. Pourquoi donc croyiez-vous qu'il était dans le génie ?

La demoiselle de compagnie sourit, mais ne répondit pas.

— Paul ! cria la comtesse de derrière son paravent, envoie-moi un roman nouveau, n'importe quoi ; seulement, vois-tu, pas dans le goût d'aujourd'hui.

— Comment vous le faut-il, grand'maman ?

— Un roman où le héros n'étrangle ni père ni mère, et où il n'y ait pas de noyés. Rien ne me fait plus de peur que les noyés.

— Où trouver à présent un roman de cette espèce ? En voudriez-vous un russe ?

— Bah ! est-ce qu'il y a des romans russes ? Tu m'en enverras un, n'est-ce pas, tu ne l'oublieras pas ?

— Je n'y manquerai pas. Adieu, grand'maman, je suis bien pressé. Adieu, Lisabeta Ivanovna. Pourquoi donc vouliez-vous que Naroumof fût dans le génie ?

Et Tomski sortit du cabinet de toilette.

Lisabeta Ivanovna, restée seule, reprit sa tapisserie et s'assit dans l'embrasure de la fenêtre. Aussitôt, dans la rue, à l'angle d'une maison voisine, parut un jeune officier. Sa présence fit aussitôt rougir jusqu'aux oreilles la demoiselle de compagnie ; elle baissa la tête et la cacha presque sous son canevas. En ce moment, la comtesse rentra complètement habillée.

— Lisanka, dit-elle, fais atteler ; nous allons faire un tour de promenade.

Lisabeta se leva aussitôt et se mit à ranger sa tapisserie.

— Eh bien ! qu'est-ce que c'est ? Petite, es-tu sourde ? Va dire qu'on attelle tout de suite.

— J'y vais, répondit la demoiselle de compagnie, et elle courut dans l'antichambre.

Un domestique entra, apportant des livres de la part du prince Paul Alexandrovitch.

— Bien des remerciemens. — Lisanka ! Lisanka ! où court-elle comme cela ?

— J'allais m'habiller, madame.

— Nous avons le temps, petite. Assieds-toi, prends le premier volume, et lis-moi.

La demoiselle de compagnie prit le livre et lut quelques lignes.

— Plus haut ! dit la comtesse. Qu'as-tu donc ? Est-ce que tu es enrouée ? Attends, approche-moi ce tabouret… Plus près… Bon.

Lisabeta Ivanovna lut encore deux pages ; la comtesse bâilla.

— Jette cet ennuyeux livre, dit-elle ; quel fatras ! Renvoie cela au prince Paul, et fais-lui bien mes remerciemens… Et cette voiture, est-ce qu'elle ne viendra pas ?

— La voici, répondit Lisabeta Ivanovna, en regardant par la fenêtre.

— Eh bien ! tu n'es pas habillée ? Il faut donc toujours l'attendre ! c'est insupportable.

Lisabeta courut à sa chambre. Elle y était depuis deux minutes à peine, que la comtesse sonnait de toute sa force ; ses trois femmes de chambre entraient par une porte et le valet de chambre par une autre.

— On ne m'entend donc pas, à ce qu'il paraît, s'écria la comtesse. Qu'on aille dire à Lisabeta Ivanovna que je l'attends.

Elle entrait en ce moment avec une robe de promenade et un chapeau.

— Enfin, mademoiselle ! dit la comtesse. Mais quelle toilette est cela ? Pourquoi cela ? À qui en veux-tu ? Voyons, quel temps fait-il ? Il fait du vent, je crois ?

— Non, excellence, dit le valet de chambre. Au contraire, il fait bien doux.

— Vous ne savez jamais ce que vous dites. Ouvrez-moi le vasistas. Je le disais bien… Un vent affreux ! un froid glacial ! Qu'on dételle ! Lisanka, ma petite, nous ne sortirons pas. Ce n'était pas la peine de te faire si belle.

— Quelle existence ! se dit tout bas la demoiselle de compagnie.

En effet, Lisabeta Ivanovna était une bien malheureuse créature. « Il est amer, le pain de l'étranger, dit Dante ; elle est haute à franchir, la pierre de son seuil. » Mais qui pourrait dire les ennuis d'une pauvre demoiselle de compagnie auprès d'une vieille femme de qualité ? Pourtant la comtesse n'était pas méchante, mais elle avait tous les caprices d'une femme gâtée par le monde. Elle était avare, personnelle, égoïste comme celle qui depuis long-temps avait cessé de jouer un rôle actif dans la société. Jamais elle ne manquait un bal, et là, fardée, vêtue à la mode antique, elle se tenait dans un coin et semblait placée exprès pour servir d'épouvantail. Chacun, en entrant, allait lui faire un profond salut, mais, la cérémonie terminée, personne ne lui adressait plus la parole. Elle recevait chez elle toute la ville, observant l'étiquette dans sa rigueur et ne pouvait mettre les noms sur les figures. Ses nombreux domestiques, engraissés et blanchis dans son antichambre, ne faisaient que ce qu'ils voulaient, et cependant tout chez elle était au pillage, comme si déjà la mort fût entrée dans sa maison. Lisabeta Ivanovna passait sa vie dans un supplice continuel. Elle servait le thé, et on lui reprochait le sucre gaspillé. Elle lisait des romans à la comtesse, (qui la rendait responsable de toutes les sottises des auteurs. Elle accompagnait la noble dame dans ses promenades, et c'était à elle qu'on s'en prenait du mauvais pavé et du mauvais temps. Ses appointemens, plus que modestes, n'étaient jamais régulièrement payés, et l'on exigeait qu'elle s'habillât *comme tout le monde*, c'est-à-dire comme fort peu de gens. Dans la société, son rôle était aussi triste. Tous la connaissaient, personne ne la distinguait. Au bal, elle dansait, mais seulement lorsqu'on avait besoin d'un vis-à-vis. Les femmes venaient la prendre par la main et l'emmenaient hors du salon quand il fallait arranger quelque chose à leur toilette. Elle avait de l'amour-propre et sentait profondément la misère de sa position. Elle attendait avec impatience un libérateur pour briser ses chaînes ; mais les jeunes gens, prudens au milieu de leur étourderie affectée, se gardaient bien de l'honorer de leurs attentions, et cependant Lisabeta Ivanovna était cent fois plus jolie que ces demoiselles ou effrontées ou stupides qu'ils entouraient de leurs hommages. Plus d'une fois, quittant doucement le luxe et l'ennui du salon, elle allait s'enfermer seule dans sa petite chambre meublée d'un vieux paravent, d'un tapis rapiécé, d'une commode, d'un petit miroir et d'un lit en bois peint ; là, elle pleurait tout à son aise, à la lueur d'une chandelle de suif dans un chandelier de laiton.

Une fois, c'était deux jours après la soirée chez Naroumof et une semaine avant la scène que nous venons d'esquisser, un matin, Lisabeta était assise à son métier devant la fenêtre, quand, promenant un regard distrait dans la rue, elle aperçut un officier du génie, immobile, les yeux fixés sur elle. Elle baissa la tête et se remit à son travail avec un redoublement d'application. Au bout de cinq minutes, elle regarda machinalement dans la rue ; l'officier était à la même place. N'ayant pas l'habitude de coqueter avec les jeunes gens qui passaient sous ses fenêtres, elle demeura les yeux fixés sur son métier pendant près de deux heures, jusqu'à ce qu'on vînt l'avertir pour dîner. Alors il fallut se lever et ranger ses affaires, et pendant ce mouvement elle revit l'officier à la même place. Cela lui sembla fort étrange. Après le dîner, elle s'approcha de la fenêtre avec une certaine émotion, mais l'officier du génie n'était plus dans la rue. Elle cessa d'y penser. Deux jours après, sur le point de monter en voiture avec la comtesse, elle le revit planté droit devant la porte, la figure à demi cachée par un collet de fourrures, mais ses yeux noirs étincelaient sous son chapeau. Lisaheta eut peur sans trop savoir pourquoi, et s'assit en tremblant dans la voiture.

De retour à la maison, elle courut à la fenêtre avec un battement de cœur ; l'officier était à sa place habituelle, fixant sur elle un regard ardent. Aussitôt elle se retira, mais brûlante de curiosité et en proie à un sentiment étrange qu'elle éprouvait pour la première fois. Depuis lors il ne se passa pas de jours que le jeune ingénieur ne vînt rôder sous sa fenêtre. Bientôt, entre elle et lui, s'établit une connaissance muette. Assise à son métier, elle avait le sentiment de sa présence ; elle relevait la tête, et chaque jour le regardait plus long-temps. Le jeune homme semblait plein de reconnaissance pour cette innocente faveur ; elle voyait, avec ce regard profond et rapide de la jeunesse, qu'une vive rougeur couvrait les joues pâles de l'officier, chaque fois que leurs yeux se rencontraient. Au bout d'une semaine, elle se prit à lui sourire.

Lorsque Tomski demanda à sa grand'mère la permission de lui présenter un de ses amis, le cœur de la pauvre fille battit bien fort, et, lorsqu'elle sut que Naroumof était dans les gardes à cheval, elle se repentit cruellement d'avoir compromis son secret en le livrant à un étourdi.

Hermann était le fils d'un Allemand établi en Russie qui lui avait laissé un petit capital. Fermement résolu à conserver son indépendance, il s'était fait une loi de ne pas toucher à ses revenus, vivait de sa solde et ne se passait pas la moindre fantaisie. Il était peu communicatif, ambitieux, et sa réserve fournissait rarement à ses camarades l'occasion de s'amuser à ses dépens. Sous un calme d'emprunt, il cachait des passions violentes, une imagination désordonnée, mais il était toujours maître de lui et avait su se préserver des égaremens ordinaires de la jeunesse. Ainsi, né joueur, jamais il n'avait touché une carte, parce qu'il comprenait que sa position ne lui permettait pas (il le disait lui-même) de sacrifier le nécessaire dans l'espérance d'acquérir le superflu, et cependant il passait des nuits entières devant un tapis vert, suivant avec une anxiété fébrile les chances rapides du jeu.

L'anecdote des trois cartes du comte de Saint-Germain avait fortement frappé son imagination, et toute la nuit il ne fit qu'y penser. — Si pourtant, se disait-il le lendemain soir, en se promenant par les rues de Pétersbourg, si la vieille comtesse me confiait son secret ! si elle voulait seulement me dire trois cartes gagnantes !… Il faut que je me fasse présenter, que je gagne sa confiance, que je lui fasse la cour… Oui, et elle a quatre-vingt-sept ans. Elle peut mourir cette semaine, demain peut-être… D'ailleurs, cette histoire… y a-t-il un mot de vrai là-dedans ? Non ; l'économie, la tempérance, le travail, voilà mes trois cartes gagnantes ! C'est avec elles que je doublerai, que je décuplerai mon capital. C'est elles qui m'assureront l'indépendance et le bien-être.

Rêvant de la sorte, il se trouva dans une des grandes rues de Pétersbourg, devant une maison d'assez vieille architecture. La rue était encombrée de voitures, défilant une à une devant une façade splendidement illuminée. Il voyait sortir de la portière ouverte tantôt le petit pied d'une jeune femme, tantôt la botte à l'écuyère d'un général, cette fois un bas à jour, cette autre un soulier diplomatique. Pelisses et manteaux passaient en procession devant un suisse gigantesque. Hermann s'arrêta. — À qui cette maison ? demanda-t-il à un garde de nuit (*boudoutchnik*) rencogné dans sa guérite.

— À la comtesse ***. C'était la grand'mère de Tomski.

Hermann tressaillit. L'histoire des trois cartes se représenta à son imagination. Il se mit à tourner autour de la maison, pensant à la femme qui l'occupait, à sa richesse, à son pouvoir mystérieux. De retour enfin dans son taudis, il fut long-temps avant de s'endormir, et, lorsque le sommeil s'empara de ses sens, il vit danser devant ses yeux des cartes, un tapis vert, des tas de ducats et de billets de banque. Il se voyait faisant paroli sur paroli, gagnant toujours, empochant des piles de ducats et bourrant son portefeuille de billets. À son réveil, il soupira de ne plus trouver ses trésors fantastiques et, pour se distraire, il alla de nouveau se promener par la ville. Bientôt il fut en face de la maison de la comtesse ***. Une force invincible l'entraînait. Il s'arrêta et regarda aux fenêtres. Derrière une vitre il aperçut une jeune tête avec de beaux cheveux noirs, penchée gracieusement sur un livre, sans doute, ou sur un métier. La tête se releva ; il vit un frais visage et des yeux noirs. Cet instant-là décida de son sort.

CHAPITRE III

Lisabeta Ivanovna ôtait son schall et son chapeau quand la comtesse l'envoya chercher. Elle venait de faire remettre les chevaux à la voiture. Tandis qu'à la porte de la rue deux laquais hissaient la vieille dame à grand'peine sur le marchepied, Lisabeta aperçut le jeune officier tout auprès d'elle ; elle sentit qu'il lui saisissait la main ; la peur lui fit perdre la tête, et l'officier avait déjà disparu lui laissant un papier entre les doigts. Elle se hâta de le cacher dans son gant. Pendant toute la route, elle ne vit et n'entendit rien. En voiture, la comtesse avait l'habitude de faire sans cesse des questions : — Qui est cet homme qui nous a saluées ? Comment s'appelle ce pont ? Qu'est-ce qu'il y a écrit sur cette enseigne ?

Lisabeta répondait tout de travers, et se fit gronder par la comtesse.

— Qu'as-tu donc aujourd'hui, petite ? À quoi penses-tu donc ? Ou bien est-ce que tu ne m'entends pas ? Je ne grasseie pas pourtant, et je n'ai pas encore perdu la tête, hein ?

Lisabeta ne l'écoutait pas. De retour à la maison, elle courut s'enfermer dans sa chambre et tira la lettre de son gant. Elle n'était pas cachetée, et par conséquent il était impossible de ne pas la lire. La lettre contenait des protestations d'amour. Elle était tendre, respectueuse, et mot pour mot traduite d'un roman allemand ; mais Élisabeta ne savait pas l'allemand, et en fut fort contente. Seulement, elle se trouvait bien embarrassée. Pour la première fois de sa vie, elle avait un secret. Être en correspondance avec un jeune homme ! Sa témérité la faisait frémir. Elle se reprochait son imprudence, et ne savait quel parti prendre.

Cesser de travailler à la fenêtre, et, à force de froideur, dégoûter le jeune officier de sa poursuite, lui renvoyer sa lettre, lui répondre d'une manière ferme et décidée, à quoi se résoudre ? Elle n'avait ni amie ni conseiller ; elle se résolut à répondre.

Elle s'assit à sa table, prit du papier et une plume, et médita profondément. Plus d'une fois elle commença une phrase, puis déchira la feuille. Le billet était tantôt trop dur, tantôt il manquait d'une juste réserve. Enfin, à grand'peine, elle réussit à composer quelques lignes dont elle fut satisfaite : « Je crois, écrivait-elle, que vos intentions sont celles d'un galant homme, et que vous ne voudriez pas m'offenser par une conduite irréfléchie ; mais vous comprendrez que notre connaissance ne peut commencer de la sorte. Je vous renvoie votre lettre, et j'espère que vous ne me donnerez pas lieu de regretter mon imprudence. »

Le lendemain, aussitôt qu'elle aperçut Hermann, elle quitta son métier, passa dans le salon, ouvrit le vasistas, et jeta la lettre dans la rue, comptant bien que le jeune officier ne la laisserait pas s'égarer. En effet, Hermann la ramassa aussitôt, et entra dans une boutique de confiseur pour la lire. N'y trouvant rien de décourageant, il rentra chez lui assez content du début de son intrigue amoureuse.

Quelques jours après, une jeune personne aux yeux fort éveillés vint demander à parler à Mlle Lisabeta de la part d'une marchande de modes. Lisabeta ne la reçut pas sans inquiétude, prévoyant quelque mémoire arriéré ; mais sa surprise fut grande, lorsqu'en ouvrant un papier qu'on lui remit, elle reconnut l'écriture de Hermann.

— Vous vous trompez, mademoiselle, cette lettre n'est pas pour moi.

— Je vous demande bien pardon, répondit la modiste avec un sourire malin. Prenez donc la peine de la lire.

Lisabeta y jeta les yeux. Hermann demandait un entretien.

— C'est impossible ! s'écria-t-elle effrayée et de la hardiesse de la demande, et de la manière dont elle lui était transmise. « Cette lettre n'est pas pour moi ! » Et elle la déchira en mille morceaux.

— Si cette lettre n'est pas pour vous, mademoiselle, pourquoi la déchirez-vous ? reprit la modiste. Il fallait la renvoyer à la personne à qui elle est destinée.

— Mon Dieu ! ma bonne, excusez-moi, dit Lisabeta toute déconcertée ; ne m'apportez plus jamais de lettres, je vous en prie, et dites à celui qui vous envoie qu'il devrait rougir de son procédé.

Mais Hermann n'était pas homme à lâcher prise. Chaque jour Lisabeta recevait une lettre nouvelle, arrivant tantôt d'une manière, tantôt d'une autre. Maintenant ce n'était plus des traductions de l'allemand qu'on lui envoyait. Hermann écrivait sous l'empire d'une passion violente, et parlait une langue qui était bien la sienne. Lisabeta ne put tenir contre ce torrent d'éloquence. Elle reçut les lettres de bonne grâce, et bientôt y répondit. Chaque jour, ses réponses devenaient plus longues et plus tendres. Enfin, elle lui jeta par la fenêtre le billet suivant :

« Aujourd'hui il y a bal chez l'ambassadeur de ***. La comtesse y va. Nous y resterons jusqu'à deux heures. Voici comment vous pourrez me voir sans témoins. Dès que la comtesse sera partie, c'est-à-dire vers onze heures, les gens ne manquent pas de s'éloigner. Il ne restera que le suisse dans le vestibule, et il est presque toujours endormi dans son tonneau. Entrez dès que onze heures sonneront, et aussitôt montez rapidement l'escalier. Si vous trouvez quelqu'un dans l'antichambre, vous demanderez si la comtesse est chez elle : on vous répondra qu'elle est sortie, et alors il faudra bien se résigner et partir ; mais très probablement vous ne rencontrerez personne. Les femmes de la comtesse sont toutes ensemble dans une chambre éloignée. Arrivé dans l'antichambre, prenez à gauche, et allez tout droit devant vous jusqu'à ce que vous soyez dans la chambre à coucher de la comtesse. Là, derrière un grand paravent, vous trouverez deux portes : celle de droite ouvre dans un cabinet noir, celle de gauche donne dans un corridor au bout duquel est un petit escalier tournant. Il mène à ma chambre. »

Hermann frémissait, comme un tigre à l'affût, en attendant l'heure du rendez-vous. Dès dix heures, il était en faction devant la porte de la comtesse. Il faisait un temps affreux. Les vents étaient déchaînés, la neige tombait à larges flocons. Les réverbères ne jetaient qu'une lueur incertaine ; les rues étaient désertes. De temps en temps passait un fiacre fouettant une rosse maigre, et cherchant à découvrir un passant attardé. Couvert d'une mince redingote, Hermann ne sentait ni le vent, ni la neige. Enfin parut la voiture de la comtesse. Il vit deux grands laquais prendre par-dessous les bras ce spectre cassé, et le déposer sur les coussins, bien empaqueté dans une énorme pelisse. Aussitôt après, enveloppée d'un petit manteau, la tête couronnée de fleurs naturelles, Lisabeta s'élança comme un trait dans la voiture. La portière se ferma, et la voiture roula lourdement sur la neige molle. Le suisse ferma la porte de la rue. Les fenêtres du premier étage devinrent sombres, le silence régna dans la maison. Hermann se promenait de long en large. Bientôt il s'approcha d'un réverbère, et regarda à sa montre. Onze heures moins vingt minutes. Appuyé contre le réverbère, les yeux fixés sur l'aiguille, il comptait avec impatience les minutes qui restaient. À onze heures juste, Hermann montait les degrés, ouvrait la porte de la rue, et entrait dans le vestibule, en ce moment fort éclairé. Ô bonheur ! point de suisse. D'un pas ferme et rapide, il franchit l'escalier en un clin d'œil, et se trouva dans l'antichambre. Là, devant une lampe, un valet de pied dormait étendu dans une vieille bergère toute crasseuse. Hermann passa prestement devant lui, et traversa la salle à manger et le salon, où il n'y avait pas de lumière ; mais la lampe de l'antichambre lui servait à se guider. Le voilà enfin dans la chambre à coucher. Devant l'armoire sainte, remplie de vieilles images, brûlait une lampe d'or. Des fauteuils dorés, des divans aux couleurs passées et aux coussins moelleux étaient disposés symétriquement le long des murailles tendues de soieries de la Chine. On remarquait d'abord deux grands portraits peints par Mme Lebrun. L'un représentait un homme de quarante ans, gros et haut en couleur, en habit vert clair, avec une plaque sur la poitrine. Le second portrait était celui d'une jeune élégante, le nez aquilin, les cheveux relevés sur les tempes, avec de la poudre et une rose sur l'oreille. Dans tous les coins, on voyait des bergers en porcelaine de Saxe, des vases de toute forme, des pendules de Leroy, des paniers, des éventails, et les mille joujoux à l'usage des dames, grandes découvertes du siècle dernier, contemporaines des ballons de Montgolfier et du magnétisme de Mesmer. Hermann passa derrière le paravent qui cachait un petit lit en fer. Il aperçut les deux portes : à droite celle du cabinet noir, à gauche celle du corridor. Il ouvrit cette dernière, vit le petit escalier qui conduisait chez la pauvre demoiselle de compagnie, puis il referma cette porte, et entra dans le cabinet noir.

Le temps s'écoulait lentement. Dans la maison, tout était tranquille. La pendule du salon sonna minuit, et le silence recommença. Hermann était debout, appuyé contre un poêle sans feu. Il était calme. Son cœur battait par pulsations bien égales, comme celui d'un homme déterminé à braver tous les dangers qui s'offriront à lui, parce qu'il les sait inévitables. Il entendit sonner une heure, puis deux heures, puis bientôt après le roulement lointain d'une voiture. Alors il se sentit ému malgré lui. La voiture approcha rapidement et s'arrêta. Grand bruit aussitôt de domestiques courant dans les escaliers ; des voix confuses, tous les appartemens s'illuminent, et trois vieilles femmes de chambre entrent à la fois dans la chambre à coucher ; enfin paraît la comtesse, momie ambulante, qui se laisse tomber dans un grand fauteuil à la Voltaire. Hermann regardait par une fente. Il vit Lisabeta passer tout contre lui et il entendit son pas précipité dans le petit escalier tournant. Au fond du cœur, il sentit bien quelque chose comme un remords, mais cela passa. Son cœur redevint de pierre.

La comtesse se mit à se déshabiller devant un miroir. On lui ôta sa coiffure de roses et l'on sépara sa perruque poudrée de ses cheveux à elle, tout ras et tout blancs. Les épingles tombaient en pluie autour d'elle. Sa robe jaune lamée d'argent glissa jusqu'à ses pieds gonflés. Hermann assista malgré lui à tous les détails peu ragoûtans d'une toilette de nuit ; enfin la comtesse demeura en peignoir et en bonnet de nuit. En ce costume plus convenable à son âge, elle était un peu moins effroyable.

Comme la plupart des vieilles gens, la comtesse était tourmentée par des insomnies. Après s'être déshabillée, elle fit rouler son fauteuil dans l'embrasure d'une fenêtre et congédia ses femmes. On éteignit les bougies, et la chambre ne fut plus éclairée que par la lampe qui brûlait devant les saintes images. La comtesse toute jaune, toute ratatinée, les lèvres pendantes, se balançait doucement à droite et à gauche. Dans ses yeux ternes on lisait l'absence de la pensée, et, en la regardant se brandiller ainsi, on eût dit qu'elle ne se mouvait pas par l'action de la volonté, mais par quelque mécanisme secret.

Tout à coup ce visage de mort changea d'expression. Les lèvres cessèrent de trembler, les yeux s'animèrent. Devant la comtesse, un inconnu venait de paraître : c'était Hermann.

— N'ayez pas peur, madame, dit Hermann à voix basse, mais en accentuant bien ses mots. Pour l'amour de Dieu, n'ayez pas peur. Je ne veux pas vous faire le moindre mal. Au contraire, c'est une grâce que je viens implorer de vous.

La vieille le regardait en silence, comme si elle ne comprenait pas. Il crut qu'elle était sourde, et, se penchant à son oreille, il répéta son exorde. La comtesse continua à garder le silence.

— Vous pouvez, continua Hermann, assurer le bonheur de toute ma vie, et sans qu'il vous en coûte rien. — Je sais que vous pouvez me dire trois cartes qui…

Hermann s'arrêta. La comtesse comprit sans doute ce qu'on voulait d'elle ; peut-être cherchait-elle une réponse. Elle dit :

— C'était une plaisanterie… je vous le jure, une plaisanterie.

— Non, madame, répliqua Hermann d'un ton colère. Souvenez-vous de Tchaplitzki, que vous fîtes gagner…

La comtesse parut troublée. Un instant, ses traits exprimèrent une vive émotion, mais bientôt ils reprirent leur immobilité stupide.

— Ne pouvez-vous pas, dit Hermann, m'indiquer trois cartes gagnantes ?

La comtesse se taisait ; il continua :

— Pourquoi garder pour vous ce secret ? — Pour vos petits-fils ? Ils sont riches sans cela. Ils ne savent pas le prix de l'argent. À quoi leur serviraient vos trois cartes ? Ce sont des débauchés. Celui qui ne sait pas garder son patrimoine mourra dans l'indigence, eût-il la science des démons à ses ordres. Je suis un homme rangé, moi. Je connais le prix de l'argent. Vos trois cartes ne seront pas perdues pour moi. Allons…

Il s'arrêta, attendant une réponse en tremblant. La comtesse ne disait mot.

Hermann se mit à genoux.

— Si votre cœur a jamais connu l'amour, si vous vous rappelez ses douces extases, si vous avez jamais souri au cri d'un nouveau-né, si quelque sentiment humain a jamais fait battre votre cœur, je vous en supplie par l'amour d'un époux, d'un amant, d'une mère, par tout ce qu'il y a de saint dans la vie, ne rejetez pas ma prière.

Révélez-moi votre secret ! — Voyons ? — Peut-être se lie-t-il à quelque péché terrible, à la perte de votre bonheur éternel ? N'auriez-vous pas fait quelque pacte diabolique ?... Pensez-y, vous êtes bien âgée, et vous n'avez plus long-temps à vivre. Je suis prêt à prendre sur mon ame tous vos péchés, à en répondre seul devant Dieu ! — Dites-moi votre secret ! — Songez que le bonheur d'un homme se trouve entre vos mains, que non-seulement moi, mais mes enfans, mes petits-enfans, nous bénirons tous votre mémoire et vous vénérerons comme une sainte.

La vieille comtesse ne répondit pas un mot. Hermann se releva.

— Maudite vieille, s'écria-t-il en grinçant des dents, je saurai bien te faire parler ! Et il tira un pistolet de sa poche.

À la vue du pistolet, la comtesse, pour la seconde fois, montra une vive émotion. Sa tête branla plus fort, elle étendit ses mains comme pour écarter l'arme, puis, tout d'un coup, se renversant en arrière elle demeura immobile.

— Allons ! cessez de faire l'enfant, dit Hermann en lui saisissant la main. Je vous adjure pour la dernière fois. Voulez-vous me dire vos trois cartes, oui ou non ?

La comtesse ne répondit pas. Hermann s'aperçut qu'elle était morte.

CHAPITRE IV

Lisabeta Ivanovna était assise dans sa chambre, encore en toilette de bal, plongée dans une profonde méditation. De retour à la maison, elle s'était hâtée de congédier sa femme de chambre en lui disant qu'elle n'avait besoin de personne pour se déshabiller, et elle était montée dans son appartement, tremblant d'y trouver Hermann, désirant même de ne l'y pas trouver. Du premier coup d'œil, elle s'assura de son absence et remercia le hasard qui avait fait manquer leur rendez-vous. Elle s'assit toute pensive, sans songer à changer de toilette, et se mit à repasser dans sa mémoire toutes les circonstances d'une liaison commencée depuis si peu de temps, et qui pourtant l'avait déjà menée si loin. Trois semaines s'étaient à peine écoulées depuis que de sa fenêtre elle avait aperçu le jeune officier, et déjà elle lui avait écrit, et il avait réussi à obtenir d'elle un rendez-vous la nuit. Elle savait son nom, voilà tout. Elle en avait reçu quantité de lettres, mais jamais il ne lui avait adressé la parole ; elle ne connaissait pas le son de sa voix. Jusqu'à ce soir-là même, chose étrange, elle n'avait jamais entendu parler de lui. Ce soir-là, Tomski, croyant s'apercevoir que la jeune princesse Pauline ***, auprès de laquelle il était fort assidu, coquetait, contre son habitude, avec un autre que lui, avait voulu s'en venger en faisant parade d'indifférence. Dans ce beau dessein, il avait invité Lisabeta pour une interminable mazurka. Il lui fit force plaisanteries sur sa partialité pour les officiers de l'arme du génie, et, en feignant d'en savoir beaucoup plus qu'il n'en disait, il arriva que quelques-unes de ses plaisanteries tombèrent si juste, que plus d'une fois Lisabeta put croire que son secret était découvert.

— Mais enfin, dit-elle en souriant, de qui tenez-vous tout cela ?

— D'un ami de l'officier que vous savez. D'un homme très original.

— Et quel est cet homme si original ?

— Il s'appelle Hermann.

Elle ne répondit rien, mais elle sentit ses mains et ses pieds se glacer.

— Hermann est un héros de roman, continua Tomski. Il a le profil de Napoléon et l'ame de Méphistophélès. Je crois qu'il a au moins trois crimes sur la conscience. Comme vous êtes pâle !

— J'ai la migraine.

— Eh bien ! que vous a dit ce M. Hermann ? N'est-ce pas ainsi que vous l'appelez ?

— Hermann est très mécontent de son ami, de l'officier du génie que vous connaissez. Il dit qu'à sa place il en userait autrement. Et puis, je parierais que Hermann a ses projets sur vous. Du moins il paraît écouter avec un intérêt fort étrange les confidences de son ami…

— Et où m'a-t-il vue ?

— À l'église, peut-être, à la promenade, Dieu sait, peut-être dans votre chambre pendant que vous dormiez. Il est capable de tout…

En ce moment, trois dames s'avançant, selon les us de la mazurka, pour l'inviter à choisir entre oubli ou regrets, interrompirent une conversation qui excitait douloureusement la curiosité de Lisabeta Ivanovna.

La dame qui, en vertu de ces infidélités que la mazurka autorise, venait d'être choisie par Tomski était la princesse Pauline. Il y eut entre eux une grande explication pendant les évolutions répétées que la figure les obligeait à faire et la conduite très lente jusqu'à la chaise de la dame. De retour auprès de sa danseuse, Tomski ne pensait plus ni à Hermann ni à Lisabeta Ivanovna. Elle essaya vainement de continuer la conversation, mais la mazurka finit, et aussitôt après la vieille comtesse se leva pour sortir.

Les phrases mystérieuses de Tomski n'étaient autre chose que des platitudes à l'usage de la mazurka, mais elles étaient entrées profondément dans le cœur de la pauvre demoiselle de compagnie. Le portrait ébauché par Tomski lui parut d'une ressemblance frappante, et, grâce à son érudition romanesque, elle voyait dans le visage assez insignifiant de son adorateur de quoi la charmer et l'effrayer tout à la fois. Elle était assise les mains dégantées, les épaules nues ; sa tête parée de fleurs tombait sur sa poitrine, quand tout à coup la porte s'ouvrit, et Hermann entra. Elle tressaillit.

— Où étiez-vous ? lui demanda-t-elle toute tremblante.

— Dans la chambre à coucher de la comtesse, répondit Hermann. Je la quitte à l'instant : elle est morte.

— Bon Dieu !… que dites-vous !

— Et je crains, continua-t-il, d'être cause de sa mort.

Lisabeta Ivanovna le regardait tout effarée, et la phrase de Tomski lui revint à la mémoire : « Il a au moins trois crimes sur la conscience. » Hermann s'assit auprès de la fenêtre, et lui raconta tout.

Elle l'écouta avec épouvante. Ainsi, ces lettres si passionnées, ces expressions brûlantes, cette poursuite si hardie, si obstinée, tout cela, l'amour ne l'avait pas inspiré. L'argent seul, voilà ce qui enflammait son ame. Elle qui n'avait que son cœur à lui offrir, pouvait-elle le rendre heureux ? Pauvre enfant ! elle avait été l'instrument aveugle d'un voleur, du meurtrier de sa vieille bienfaitrice. Elle pleurait amèrement dans l'agonie de son repentir. Hermann la regardait en silence ; mais ni les larmes de l'infortunée ni sa beauté rendue plus touchante par la douleur ne pouvaient ébranler cette ame de fer. Il n'avait pas un remords en songeant à la mort de la comtesse. Une seule pensée le déchirait, c'était la perte irréparable du secret dont il avait attendu sa fortune.

— Mais vous êtes un monstre ! s'écria Lisabeta après un long silence.

— Je ne voulais pas la tuer, répondit-il froidement ; mon pistolet n'était pas chargé.

Ils demeurèrent long-temps sans se parler, sans se regarder. Le jour venait, Élisabeth éteignit la chandelle qui brûlait dans la bobèche. La chambre s'éclaira d'une lumière blafarde. Elle essuya ses yeux noyés de pleurs, et les leva sur Hermann. Il était toujours près de la fenêtre, les bras croisés, fronçant le sourcil. Dans cette attitude, il lui rappela involontairement le portrait de Napoléon. Cette ressemblance l'accabla.

— Comment vous faire sortir d'ici ? lui dit-elle enfin. Je pensais à vous faire sortir par l'escalier dérobé, mais il faudrait passer par la chambre de la comtesse, et j'ai peur…

— Dites-moi seulement où je trouverai cet escalier dérobé ; j'irai bien seul.

Elle se leva, chercha dans un tiroir une clé qu'elle remit à Hermann, en lui donnant tous les renseignemens nécessaires. Hermann prit sa main glacée, déposa un baiser sur son front qu'elle baissait, et sortit.

Il descendit l'escalier tournant et entra dans la chambre de la comtesse. Elle était assise dans son fauteuil, toute raide ; les traits de son visage n'étaient point contractés. Il s'arrêta devant elle, et la contempla quelque temps comme pour s'assurer de l'effrayante réalité ; puis il entra dans le cabinet noir, et, en tâtant la tapisserie, découvrit une petite porte qui ouvrait sur un escalier. En descendant, d'étranges idées lui vinrent en tête. — Par cet escalier, se disait-il, il y a quelque soixante ans, à pareille heure, sortant de cette chambre à coucher, en habit brodé, coiffé *à l'oiseau royal*, serrant son chapeau à trois cornes contre sa poitrine, on aurait pu surprendre quelque galant, enterré depuis longues années, et, aujourd'hui même, le cœur de sa vieille maîtresse a cessé de battre.

Au bout de l'escalier, il trouva une autre porte que sa clé ouvrit. Il entra dans un corridor, et bientôt il gagna la rue.

CHAPITRE V

Trois jours après cette nuit fatale, à neuf heures du matin, Hermann entrait dans le couvent de ***, où l'on devait rendre les derniers devoirs à la dépouille mortelle de la vieille comtesse. Il n'avait pas de remords, et cependant il ne pouvait se dissimuler qu'il était l'assassin de cette pauvre femme. N'ayant pas de foi, il avait, selon l'ordinaire, beaucoup de superstition. Persuadé que la comtesse morte pouvait exercer une maligne influence sur sa vie, il s'était imaginé qu'il apaiserait ses mânes en assistant à ses funérailles.

L'église était pleine de monde, et il eut beaucoup de peine à trouver place. Le corps était déposé sur un riche catafalque, sous un baldaquin de velours. La comtesse était couchée dans sa bière, les mains jointes sur la poitrine, avec une robe de satin blanc et des coiffes de dentelles. Autour du catafalque, la famille était réunie, les domestiques en cafetan noir, avec un nœud de rubans armoriés sur l'épaule, un cierge à la main ; les parens en grand deuil, enfans, petits-enfans, arrière-petits enfans : personne ne pleurait ; les larmes eussent passé pour *une affectation*. La comtesse était si vieille, que sa mort ne pouvait surprendre personne, et l'on s'était accoutumé depuis long-temps à la regarder comme déjà hors de ce monde. Un prédicateur célèbre prononça l'oraison funèbre. Dans quelques phrases simples et touchantes, il peignit le départ final du juste, qui a passé de longues années dans les préparatifs attendrissans d'une fin chrétienne. « L'ange de la mort l'a enlevée, dit l'orateur, au milieu de l'allégresse de ses pieuses méditations et dans l'attente du FIANCE DE MINUIT. » Le service s'acheva dans le recueillement convenable. Alors les parens vinrent faire leurs derniers adieux à la défunte. Après eux, en longue procession, tous les invités à la cérémonie s'inclinèrent pour la dernière fois devant celle qui, depuis si long-temps, avait été un épouvantail pour leurs amusemens. La maison de la comtesse s'avança la dernière. On remarquait une vieille gouvernante du même âge que la défunte, soutenue par deux femmes. Elle n'avait pas la force de s'agenouiller, mais des larmes coulèrent de ses yeux quand elle baisa la main de sa maîtresse.

À son tour, Hermann s'avança vers le tombeau. Il s'agenouilla un moment sur les dalles jonchées de branches de sapin. Puis il se leva, et, pâle comme la mort, il monta les degrés du catafalque et s'inclina quand tout à coup il lui sembla que la morte le regardait d'un air moqueur en clignant un œil. Hermann, d'un brusque mouvement, se rejeta en arrière et tomba à la renverse. On s'empressa de le relever. Au même instant, sur le parvis de l'église, Lisabeta Ivanovna tombait sans connaissance. Cet épisode troubla pendant quelques minutes la pompe de la cérémonie funèbre ; les assistans chuchotaient, et un chambellan chafouin, proche parent de la défunte, murmura à l'oreille d'un Anglais qui se trouvait près de lui : — Ce jeune officier est un fils de la comtesse, de la main gauche, s'entend. À quoi l'Anglais répondit : — Oh !

Toute la journée, Hermann fut en proie à un malaise extraordinaire. Dans le restaurant solitaire où il prenait ses repas, il but beaucoup, contre son habitude, dans l'espoir de s'étourdir ; mais le vin ne fit qu'allumer son imagination et donner une activité nouvelle aux idées qui le préoccupaient. Il rentra chez lui de bonne heure, se jeta tout habillé sur son lit, et s'endormit d'un sommeil de plomb.

Lorsqu'il se réveilla, il était nuit, la lune éclairait sa chambre. Il regarda l'heure ; il était trois heures moins un quart. Il n'avait plus envie de dormir. Il était assis sur son lit et pensait à la vieille comtesse.

En ce moment, quelqu'un dans la rue s'approcha de la fenêtre comme pour regarder dans sa chambre, et passa aussitôt. Hermann n'y fit pas attention. Au bout d'une minute, il entendit ouvrir la porte de son antichambre. Il crut que son dentschik, ivre selon son habitude, rentrait de quelque excursion nocturne ; mais bientôt il distingua un pas inconnu. Quelqu'un entrait en traînant doucement des pantoufles sur le parquet. La porte s'ouvrit, et une femme vêtue de blanc s'avança dans sa chambre. Hermann s'imagina que c'était sa vieille nourrice, et il se demanda ce qui pouvait l'amener à cette heure de la nuit ; mais la femme en blanc, traversant la chambre avec rapidité, fut en un moment au pied de son lit, et Hermann reconnut la comtesse !

— Je viens à toi contre ma volonté, dit-elle d'une voix ferme. Je suis contrainte d'exaucer ta prière. Trois — sept — as gagneront pour toi l'un après l'autre ; mais tu ne joueras pas plus d'une carte en vingt-quatre heures, et après, pendant toute ta vie, tu ne joueras plus ! Je te pardonne ma mort, pourvu que tu épouses ma demoiselle de compagnie, Lisabeta Ivanovna.

À ces mots, elle se dirigea vers la porte et se retira en traînant encore ses pantoufles sur le parquet. Hermann l'entendit pousser la porte de l'antichambre, et vit un instant après une figure blanche passant dans la rue et s'arrêtant devant la fenêtre comme pour le regarder.

Hermann demeura quelque temps tout abasourdi. Puis il se leva et entra dans l'antichambre. Son dentschik, ivre à l'ordinaire, dormait couché sur le parquet. Il eut beaucoup de peine à le réveiller, et n'en put obtenir la moindre explication. La porte de l'antichambre était fermée à clé. Hermann rentra dans sa chambre et écrivit aussitôt toutes les circonstances de sa vision.

CHAPITRE VI

Deux idées immobiles ne peuvent exister à la fois dans le monde moral, de même que dans le monde physique deux corps ne peuvent occuper à la fois la même place. Trois — sept — as effacèrent bientôt dans l'imagination de Hermann le souvenir des derniers momens de la vieille comtesse. Trois — sept — as ne lui sortaient plus de la tête et venaient à chaque instant sur ses lèvres.

Rencontrait-il une jeune personne dans la rue : — Quelle jolie taille ! disait-il ; elle ressemble à un trois de cœur. — On lui demandait l'heure ; il répondait : Sept de carreau moins un quart. Tout gros homme qu'il voyait lui rappelait un as. Trois — sept — as le suivaient en songe, et lui apparaissaient sous maintes formes étranges. Il voyait des trois s'épanouir comme des *magnolia grandiflora*. Des sept s'ouvraient en portes gothiques, des as se montraient suspendus comme des araignées monstrueuses. Toutes ses pensées se concentraient vers un seul but : Comment mettre à profit ce secret si chèrement acheté ? Il songeait à demander un congé pour voyager. À Paris, se disait-il, il découvrirait quelque maison de jeu où il ferait en trois coups sa fortune. Le hasard le tira bientôt d'embarras.

Il y avait à Moscou une société de joueurs riches, sous la présidence du célèbre Tchekalinski, qui avait passé toute sa vie à jouer, et qui avait amassé des millions, car il gagnait les billets de banque et ne perdait que de l'argent blanc. Sa maison magnifique, sa cuisine excellente, ses manières ouvertes, lui avaient fait de nombreux amis et lui attiraient la considération générale. Il vint à Pétersbourg. Aussitôt la jeunesse accourut dans ses salons, oubliant les bals pour les soirées de jeu et préférant les émotions du tapis vert aux séductions de la coquetterie. Hermann fut conduit chez Tchekalinski par Naroumof.

Ils traversèrent une longue enfilade de pièces remplies de serviteurs polis et empressés. Il y avait foule partout. Des généraux et des conseillers privés jouaient au whist. Des jeunes gens étaient étendus sur les divans, prenant des glaces et fumant de grandes pipes. Dans le salon principal, devant une longue table autour de laquelle se serraient une vingtaine de joueurs, le maître de la maison tenait une banque de pharaon. C'était un homme de soixante ans environ, d'une physionomie douce et noble, avec des cheveux blancs comme la neige. Sur son visage plein et fleuri, on lisait la bonne humeur et la bienveillance. Ses yeux brillaient d'un sourire perpétuel. Naroumof lui présenta Hermann. Aussitôt Tchekalinski lui tendit la main, lui dit qu'il était le bienvenu, qu'on ne faisait pas de cérémonies dans sa maison, et il se remit à tailler.

La taille dura long-temps ; on pontait sur plus de trente cartes. À chaque coup, Tchekalinski s'arrêtait pour laisser aux gagnans le temps de faire des paroli, payait, écoutait civilement les réclamations, et plus civilement encore faisait abattre les cornes qu'une main distraite s'était permises.

Enfin la taille finit ; Tchekalinski mêla les cartes et se prépara à en faire une nouvelle.

— Permettez-vous que je prenne une carte ? dit Hermann allongeant la main par-dessus un gros homme qui obstruait tout un côté de la table. Tchekalinski, en lui adressant un gracieux sourire, s'inclina poliment en signe d'acceptation. Naroumof complimenta en riant Hermann sur la fin de son austérité d'autrefois, et lui souhaita toute sorte de bonheur pour son début dans la carrière du jeu.

— Va ! dit Hermann après avoir écrit un chiffre sur le dos de sa carte.

— Combien ? demanda le banquier en clignant des yeux. Excusez, je ne vois pas.

— Quarante-sept mille roubles, dit Hermann.

À ces mots, toutes les têtes se levèrent, tous les regards se dirigèrent sur Hermann. Il a perdu l'esprit, pensa Naroumof.

— Permettez-moi de vous faire observer, monsieur, dit Tchekalinski avec son éternel sourire, que votre jeu est un peu fort. Jamais on ne ponte ici que deux cent soixante-quinze roubles sur le simple.

— Bon, dit Hermann ; mais faites-vous ma carte, oui ou non ?
Tchekalinski s'inclina en signe d'assentiment.

— Je voulais seulement vous faire observer, dit-il, que bien que,
je sois parfaitement sûr de mes amis, je ne puis tailler que devant
de l'argent comptant. Je suis parfaitement convaincu que votre
parole vaut de l'or ; cependant, pour l'ordre du jeu et la facilité des
calculs, je vous serai obligé de mettre de l'argent sur votre carte.

Hermann tira de sa poche un billet et le tendit à Tchekalinski, qui,
après l'avoir examiné d'un clin d'œil, le posa sur la carte de
Hermann.

Il tailla. À droite vint un dix, à gauche un trois.

— Je gagne, dit Hermann en montrant sa carte.

Un murmure d'étonnement circula parmi les joueurs. Un moment,
les sourcils du banquier se contractèrent, mais aussitôt son sourire
habituel reparut sur son visage.

— Faut-il régler ? demanda-t-il au gagnant.

— Si vous avez cette bonté.

Tchekalinski tira des billets de banque de son portefeuille et paya
aussitôt. Hermann empocha son gain et quitta la table. Naroumof
n'en revenait pas. Hermann but un verre de limonade et rentra chez
lui.

Le lendemain au soir, il revint chez Tchekalinski, qui était encore
à tailler. Hermann s'approcha de la table ; cette fois, les pontes
s'empressèrent de lui faire une place. Tchekalinski s'inclina d'un
air caressant.

Hermann attendit une nouvelle taille, puis prit une carte sur
laquelle il mit ses quarante-sept mille roubles et, en outre, le gain
de la veille.

Tchekalinski commença à tailler. Un valet sortit à droite, un sept à gauche.

Hermann montra un sept.

Il y eut un ah ! général. Tchekalinski était évidemment mal à son aise. Il compta quatre-vingt-quatorze mille roubles et les remit à Hermann, qui les prit avec le plus grand sang-froid, se leva et sortit aussitôt.

Il reparut le lendemain à l'heure accoutumée. Tout le monde l'attendait ; les généraux et les conseillers privés avaient laissé leur whist pour assister à un jeu si extraordinaire. Les jeunes officiers avaient quitté les divans, tous les gens de la maison se pressaient dans la salle. Tous entouraient Hermann. À son entrée, les autres joueurs cessèrent de ponter dans leur impatience de le voir aux prises avec le banquier, qui pâle, mais toujours souriant, le regardait prendre place à la table et se disposer à jouer seul contre lui. Chacun d'eux défit à la fois un paquet de cartes. Tchekalinski mêla et Hermann coupa ; puis il prit une carte et la couvrit d'un monceau de billets de banque. On eût dit les apprêts d'un duel. Un profond silence régnait dans la salle. Tchekalinski commença à tailler ; ses mains tremblaient. À droite, on vit sortir une dame ; à gauche, un as.

— L'as gagne, dit Hermann, et il découvrit sa carte.

— Votre dame a perdu, dit Tchekalinski d'un ton de voix mielleux.

Hermann tressaillit. Au lieu d'un as, il avait devant lui une dame de pique. Il n'en pouvait croire ses yeux, et ne comprenait pas comment il avait pu se méprendre de la sorte.

Les yeux attachés sur cette carte funeste, il lui sembla que la dame de pique clignait de l'œil et lui souriait d'un air railleur. Il reconnut avec horreur une ressemblance étrange entre cette dame de pique et la défunte comtesse…

— Maudite vieille ! s'écria-t-il épouvanté.

Tchekalinski, d'un coup de râteau, ramassa tout son gain. Hermann demeura long-temps immobile, anéanti. Quand enfin il quitta la table de jeu, il y eut un moment de causerie bruyante. Un fameux ponte ! disaient les joueurs. Tchekalinski mêla les cartes, et le jeu continua.

CONCLUSION.

Hermann est devenu fou. Il est à l'hôpital d'Oboukhof, le n°17. Il ne répond à aucune question qu'on lui adresse, mais on l'entend répéter sans cesse : trois — sept — as ! trois, — sept, — dame !

Lisabeta Ivanovna vient d'épouser un jeune homme très aimable, fils de l'intendant de la défunte comtesse. Il a une bonne place, et c'est un garçon fort rangé. Lisabeta a pris chez elle une pauvre parente dont elle fait l'éducation.

Tomski a passé chef d'escadron. Il a épousé la princesse Pauline ***.

P. MERIMEE.

AUTRES ÉCRITS

Mon portrait

Vous me demandez mon portrait,
Mais peint d'après nature ;
Mon cher, il sera bientôt fait,
Quoique en miniature.

Je suis un jeune polisson,
Encore dans les classes ;
Point sot, je le dis sans façon
Et sans fades grimaces.

Onc il ne fut de babillard,
Ni docteur en Sorbonne —
Plus ennuyeux et plus braillard.
Que moi-même en personne.

Ma taille à celles des plus longs
Ne peut être égalée ;
J'ai le teint frais, les cheveux blonds
Et le tête bouclée.

J'aime et le monde et son fracas,
Je hais la solitude ;
J'abhorre et noises, et débats,
Et tant soit peu l'étude.

Spectacles, bals me plaisent fort
Et d'après ma pensée,
Je dirais ce que j'aime encor…
Si n'étais au Lycée.
Après cela, mon cher ami,
L'on peut me reconnaître :
Oui ! tel que le bon dieu me fit,
Je veux toujours paraître.

Vrai démon pour l'espièglerie,
Vrai singe par sa mine,
Beaucoup et trop d'étourderie.
Ma foi, voila Pouchkine.

Stances

Avez-vous vu la tendre rose,
L'aimable fille d'un beau jour,
Quand au printemps à peine éclose,
Elle est l'image de l'amour ?

Telle à nos yeux, plus belle encore,
Parut Eudoxie aujourd'hui :
Plus d'un printemps la vit éclore,
Charmante et jeune comme lui.

Mais, hélas! Les vents, les tempêtes,
Ces fougueux enfants de l'hiver,
Bientôt vont gronder sur nos têtes,
Enchainer l'eau, la terre et l'air.

Et plus de fleurs, et plus de rose,
L'aimable fille des amours
Tombe fanée à peine éclose :
Il a fui, le temps des beaux jours !

Eudoxie, aimez! Le temps presse ;
Profitez de vos jours heureux !
Est-ce dans la froide vieillesse
Que de l'amour on sent les feux ?

Couplets

Quand un poète en son extase
Vous lit son ode ou son bouquet,
Quand un conteur traîne sa phrase,
Quand on écoute un perroquet,
Ne trouvant pas le mot pour rire,

On dort, on baille en son mouchoir,
On attend le moment de dire:
Jusqu'au plaisir de nous revoir.

Mais tête-à-tête avec sa belle,
Ou bien avec des gens d'esprit,
Le vrai bonheur se renouvelle,
On est content, l'on chante, on rit.
Prolongez vos paisibles veilles,
Et chantez vers la fin du soir
A vos amis, à vos bouteilles:
Jusqu'au plaisir de nous revoir.

Amis, la vie est un passage
Et tout s'écoule avec le temps,
L'amour aussi n'est qu'un volage,
Un oiseau de notre printemps;
Trop tôt il fuit, riant sous cape —
C'est pour toujours, adieu l'Espoir!
On ne dit pas dès qu'il s'échappe:
Jusqu'au plaisir de nous revoir.

Le temps s'enfuit triste et barbare
Et tôt ou tard on va *là-haut.*
Souvent — le cas n'est pas si rare —
Hasard nous sauve du tombeau.
Des maux s'éloignent les cohortes
Et le squelette horrible et noir
S'en va frappant à d'autres portes:
Jusqu'au plaisir de nous revoir.

Mais quoi? je sens que je me lasse
En lassant mes chers auditeurs,

Allons, je descends du Parnasse —
Il n'est pas fait pour les chanteurs,
Pour des couplets mon feu s'allume,
Sur un refrain j'ai du pouvoir,
C'est bien assez — adieu, ma plume!
Jusqu'au plaisir de nous revoir.

Le Démon

Dans les jours où étaient nouvelles pour moi
Toutes les impressions de l'Être —
Et les regards des jeunes filles,
Et le bruissement des forêts,
Et le chant du rossignol la nuit, —
Où les hauts sentiments,
La liberté, la gloire et l'amour,
Et l'inspiration des arts
Troublaient mon sang si fort,
Un mauvais esprit vint me trouver en secret,
Ombrageant d'une mélancolie soudaine
Les heures d'espoirs et de plaisirs.
Ces rencontres étaient tristes :
Son sourire mystérieux,
Ses paroles cyniques,
Versaient un poison glacé dans mon âme.
Par ses mensonges perpétuels
Il bravait le destin ;
Il appelait illusion le Beau ;
Il méprisait l'inspiration ;
Il ne croyait ni en l'amour ni en la liberté —
Il regardait la vie en se moquant
Et rien dans la Nature ne trouvait grâce à ses yeux.

Le Baron avare

Scène PREMIÈRE

Albert et son domestique Johann puis Salomon Une tour.

ALBERT

Quoi qu'il arrive, je paraîtrai au tournoi. — Johann, montre-moi mon casque. (*Johann le lui apporte.*) Percé à jour ! impossible de le mettre. Il faut que j'en trouve un autre. Quel coup ! Maudit comte de Lorges !

JOHANN

Vous l'en avez bien payé en le jetant de ses étriers par terre. Il est resté tout un jour comme mort, et l'on ne sait s'il en reviendra.

ALBERT

Il n'a rien perdu, lui. Sa cotte de mailles de Venise est intacte. Quant à sa poitrine, elle ne lui coûte rien ; il n'est pas obligé de s'en acheter une autre. Pourquoi ne lui ai-je pas ôté son casque dans la lice ? Je l'aurais fait, si je n'avais eu honte devant les dames et le duc. Maudit comte ! il eût mieux fait de me percer la tête. J'ai aussi besoin d'habits. La dernière fois, tous les chevaliers assis à la table du duc étaient en soie et en velours ; moi seul j'étais en cuirasse. J'ai dit pour excuse que j'étais venu au tournoi par hasard. Que dirai-je maintenant ? O pauvreté, pauvreté ! comme elle nous abaisse le cœur ! Quand de Lorges perça mon casque de sa lourde lance, et me dépassa au galop ; quand, la tête nue, je donnai de l'éperon à mon *Émyr*, et, m'élançant comme la foudre, je jetai le comte à vingt pas, de même qu'un petit page ; quand toutes les dames se levèrent de leurs sièges, et que Clotilde elle-même, se cachant le visage, poussa un cri involontaire ; quand tous les hérauts célébrèrent la vigueur de ce coup ; personne alors ne se doutait de la cause de ma bravoure et de ma force terrible : j'étais furieux d'avoir mon casque endommagé. Qui m'avait donné cet héroïsme ? l'avarice. Oui, l'avarice. Il n'est pas difficile d'en être infecté, quand on vit sous le même toit que mon père. Que fait mon pauvre *Émyr* ?

JOHANN

Il boite encore. Vous ne pouvez pas le monter.

ALBERT

Allons, j'achèterai l'alezan. D'ailleurs on en demande pas cher.

JOHANN

Pas cher, oui ; mais nous n'avons pas d'argent.

ALBERT

Que t'a dit ce coquin de Salomon ?

JOHANN

Qu'il ne pouvait plus vous prêter de l'argent sans gages.

ALBERT

Gages ! où veux-tu que je prenne des gages, diable que tu es ?

JOHANN

C'est ce que je lui ai dit.

ALBERT

Eh bien ?

JOHANN

Il s'est mis à geindre et à plier les épaules.

ALBERT

Mais tu devais lui dire que mon père est lui-même riche comme un juif ; et que, tôt ou tard, j'hériterai de tout.

JOHANN

C'est ce que je lui ai dit.

ALBERT

Eh bien ?

JOHANN

Il s'est mis à plier les épaules et à geindre.

ALBERT

Quel malheur !

JOHANN

Il a voulu venir lui-même.

ALBERT

Tant mieux. Je ne le lâcherai pas sans une rançon. (*On frappe à la porte.*) Qui est là ?

Entre le juif Salomon.

SALOMON

Votre humble serviteur.

ALBERT

Ah ! cher ami, maudit juif, respectable Salomon, daigne un peu t'approcher. Comment, on dit que tu ne prêtes plus à crédit ?

SALOMON

Oh ! noble seigneur, je vous jure que je le ferais avec plaisir ; mais je ne puis. Où prendre de l'argent ? je me suis complètement ruiné pour être venu en aide aux gentilshommes. Personne ne paye. Moi-même, je venais vous prier de me rendre… ne fût-ce qu'une partie…

ALBERT

Mais, brigand, si j'avais eu de l'argent, aurais-je voulu avoir affaire avec toi ? Finissons-en ; ne fais pas l'obstiné, mon cher Salomon. Donne tes ducats ; lâche-m'en une centaine avant qu'on ne t'ait fouillé.

SALOMON

Une centaine ! ah ! si j'avais cent ducats !

ALBERT

Voyons ; n'as-tu pas honte de ne pas venir en aide à tes amis ?

SALOMON

Je vous jure…

ALBERT

Finis donc. Tu veux un gage ? Quelle folie ! Que veux-tu que je te donne en gage ? une peau de cochon ? Si j'avais quelque objet qui eût du prix, il y a longtemps que je l'aurais vendu. Ne te suffit-il pas d'une parole de chevalier, chien que tu es ?

SALOMON

Votre parole, aussi longtemps que vous êtes en vie, vaut beaucoup, beaucoup. Comme un talisman, elle peut vous ouvrir tous les coffres des richards de Flandre. Mais si vous me la transmettez à moi, pauvre Hébreu, et qu'ensuite vous veniez à mourir, ce qu'à Dieu ne plaise, alors, dans mes mains, elle sera semblable à la clef d'un coffre jeté au fond des mers.

ALBERT

Mourir ! Mais est-ce que je vivrai moins que mon père ?

SALOMON

Qui le sait ? Ce n'est point par nous-mêmes que nos jours sont comptés. Un jeune homme fleurissait hier ; et le voilà qui meurt aujourd'hui, et quatre vieillards le portent péniblement à la terre sur leurs épaules courbées. Le baron se porte bien ; il peut, avec la grâce de Dieu, vivre encore dix, vingt, trente ans peut-être.

ALBERT

Tu radotes, juif. Dans trente ans j'aurai la cinquantaine ; et alors, à quoi l'argent me sera-t-il bon ?

SALOMON

L'argent ! l'argent est bon toujours, et à tout âge. Mais le jeune homme voit dans les pièces de monnaie d'agiles serviteurs qu'il expédie dans tous les sens, sans les ménager ; tandis que le vieillard voit en elles des amis éprouvés, et les garde comme la prunelle de ses yeux.

ALBERT

Oh ! mon père ne voit dans les pièces de monnaie ni des serviteurs, ni des amis, mais des maîtres. Il les sert lui-même ; et comment ? comme un esclave d'Alger, comme un chien à la chaîne. Il vit dans un galetas, non chauffé ; il boit de l'eau, mange du pain sec, et grelotte sans dormir toute la nuit, tandis que son or se prélasse tranquillement dans ses coffres. Mais, patience, un jour cet or viendra à mon service, et je lui désapprendrai à mener cette vie indolente.

SALOMON

Oui, aux funérailles du baron, il y aura plus de ducats répandus que de larmes. Que Dieu hâte votre héritage !

ALBERT

Amen.

SALOMON

Il est vrai qu'on pourrait bien…

ALBERT

Quoi ?

SALOMON

Je voulais dire qu'il y a certain moyen…

ALBERT

Quel moyen ?

SALOMON

e… un petit vieillard de ma connaissance, un Hébreu, un pauvre commerçant…

ALBERT

Un usurier comme toi ? ou un peu plus honnête ?

SALOMON

Non, chevalier. Tobie a un autre commerce. Il compose des gouttes… C'est vraiment surprenant comme elles agissent…

ALBERT

Eh bien, quoi ? que me font des gouttes ?

SALOMON

Il n'y a qu'à en mettre dans un verre d'eau. Trois gouttes suffisent. On ne peut y remarquer ni goût ni couleur. Et l'homme, sans coliques, sans maux de cœur, sans souffrance, meurt paisiblement.

ALBERT

Ton petit vieillard vend du poison ?

SALOMON

Oui, du poison aussi.

ALBERT

Eh bien, vas-tu me proposer de me prêter, au lieu d'argent, deux cents fioles de poison, à un ducat pièce ? n'est-ce pas cela ?

SALOMON

Vous daignez rire de moi. Non, je voulais… peut-être que vous… je croyais… peut-être que le temps est venu pour que le baron meure…

ALBERT

Comment ! empoisonner mon père !… et tu as osé… à son fils !… Johann, empoigne-le… Et tu as osé !… mais sais-tu bien, âme de juif, chien, serpent, que je vais à l'instant te faire pendre à la porte du château.

SALOMON

Pardonnez-moi, j'ai eu tort ; je ne faisais que plaisanter.

ALBERT

Johann, une corde.

SALOMON

J'ai… plaisanté. Voici votre argent.

ALBERT

Hors d'ici, chien. (*Salomon se sauve.*) Voilà où m'a conduit l'avarice de mon père ! Voilà ce qu'un juif m'ose proposer ! — Donne-moi un verre de vin ; je tremble de la tête aux pieds… Johann, l'argent m'est pourtant nécessaire. Rattrape ce maudit juif, et prends-lui ses ducats. Apporte-moi une écritoire ; je donnerai ma signature au coquin. Mais n'introduis pas ici ce Judas… Non, reste… ses ducats pueraient la trahison comme les trente oboles de son ancêtre. — Je t'ai demandé du vin.

JOHANN

Il n'en reste plus une goutte.

ALBERT

Et ce vin que Raymond m'avait envoyé d'Espagne en cadeau ?

JOHANN

J'ai porté hier la dernière bouteille au maréchal ferrant malade.

ALBERT

Oui, je m'en souviens. Eh bien ! donnemoi de l'eau. — C'est décidé ; j'irai demander justice au duc. Il faut qu'il force mon père à m'entretenir comme un fils, non comme un rat né au fond d'une cave.

Ils sortent.

Scène II

Un caveau.

Le vieux baron, seul.

Ainsi qu'un jeune écervelé attend l'heure du rendez-vous avec quelque rusée courtisane ou quelque sotte qu'il a trompée, ainsi ai-je attendu tout le jour l'instant où je pourrais descendre dans mon secret caveau, pour revoir mes coffres fidèles. Heureuse journée ! je puis jeter une poignée d'or, qu'aujourd'hui j'ai rassemblée, dans le sixième coffre qui n'est pas encore rempli. Cela paraît peu de chose ; mais les trésors croissent peu à peu. J'ai lu quelque part qu'un roi puissant ordonna un jour aux soldats de son arme d'apporter chacun une poignée de terre en un certain lieu, et une fière colline se dressa, et le roi put de cette hauteur contempler avec joie et la plaine couverte de tentes blanchissantes, et la mer où couraient ses nombreux vaisseaux. Ainsi moi, apportant par pauvres poignées mon tribut journalier à ce caveau, j'ai aussi dressé ma colline, et de sa hauteur je puis aussi contempler tout ce qui m'est soumis. Qu'est-ce qui ne m'est pas soumis ? D'ici je puis gouverner le monde comme un esprit d'en haut. Je n'ai qu'à vouloir, et de splendides palais s'élève ont. Les nymphes accourront en troupes folâtres dans mes jardins magnifiques ; les Muses m'apporteront leurs offrandes, le libre génie demandera à devenir mon esclave, et la vertu, et le travail avec ses veilles attendront humblement de moi leur récompense. Je n'aurai qu'à siffler, et le crime ensanglanté entrera en rampant, obéissant et craintif, et me léchera la main, et me regardera dans les yeux pour chercher à y lire ma volonté. Tout est soumis à moi, moi je ne le suis à rien, car je suis au dessus de tout désir. Je suis calme, je sais ma force, et cette conscience me suffit. ({{Didascalie|Il regarde l'or dans sa main.}}) Oui, cela paraît peu de chose ; et pourtant combien de soucis, de tromperies, de mensonges, de larmes, de prières, de malédictions sont représentés là ! Voici un vieux ducat, une veuve me l'a donné aujourd'hui ; mais auparavant elle a passé une demi-journée sous ma fenêtre, avec ses trois enfants, agenouillée et hurlant des supplications. La pluie tomba, et cessa, et tomba de nouveau ; l'hypocrite ne bougeait point. J'aurais pu la chasser ; mais quelque chose me disait en secret qu'elle avait apporté la dette de son mari. Elle ne voudra point, pensai-je, aller en prison dès demain. Et cet autre ducat, c'est Thibaut qui me l'a apporté. Où l'a-t-il pu prendre, le fainéant ? Il l'a volé, sans doute ; ou peut-être, là, près de la grande route, la nuit, dans un bois… Oui, si toutes les larmes, toute la sueur, tout le sang répandus pour tout ce qui est amoncelé ici pouvaient sortir tout à coup du sein de la terre, il se ferait un nouveau déluge, et je serais noyé au fond de mes fidèles souterrains. — Mais il est temps. (*Le baron apprête sa clef.*) Chaque fois que je veux ouvrir un de mes coffres, j'éprouve un frisson de chaud et de froid. Ce n'est pas de la crainte (oh ! non, qui pourrais-je craindre ? j'ai là mon épée, et le loyal acier me répond de mon or) ; mais je ne sais quel indéfinissable sentiment m'oppresse le cœur. Les médecins nous assurent que des gens trouvent un charme étrange dans l'assassinat. Quand j'introduis ma clef dans la serrure, je ressens ce qu'ils doivent ressentir en enfonçant le couteau dans la victime. C'est à la fois terrible et délicieux. (*Il ouvre le coffre.*) Voilà ma félicité ! (*Il *y jette la poignée d'or.*) Allez, vous. C'est assez errer par le monde, assez servir aux passions et aux besoins des hommes. Endormez-vous ici du sommeil de la force et du calme éternel, comme dorment les dieux dans les cieux profonds....

Je veux aujourd'hui m'arranger une fête. Je vais allumer une torche devant chacun des coffres, et je les ouvrirai tous, et je repaîtrai mes regards de tous ces monceaux éblouissants. (*Il allume des torches, et ouvre successivement tous ses coffres.*)

Je règne... quel éclat magique ! quel empire ! qu'il est fort et qu'il m'est obéissant ! Voici le bonheur, voici la gloire, voici l'honneur ! Je règne, je suis roi... Mais, à qui doit échoir ce pouvoir après moi ? Mon héritier, un fou, un dissipateur, le compagnon de débauches impudiques... À peine serai-je mort, lui, il va descendre ici, sous ces tranquilles et délicieuses voûtes, avec une nuée de flatteurs et d'avides parasites. Après avoir volé mes clefs sur mon cadavre, il ouvrira mes coffres en riant ; et mes trésors couleront dans les poches trouées des pourpoints de soie. Il brisera les vases sacrés ; il saturera la boue avec la myrrhe des rois, il jettera au vent... Mais de quel droit ? Tout cela m'est-il venu en dormant ? ou en plaisantant comme un joueur qui fait bruire des dés et ramasse au râteau des tas d'or ? Qui sait ce que cela m'a coûté d'amères abstinences, de passions domptées, de noirs soucis, de jours sans repos, de nuits sans sommeil ? Mon fils dira-t-il que mon cœur s'est enveloppé de mousse et que je n'ai jamais connu les désirs, ou que la conscience ne m'a jamais mordu, la conscience, cet animal à griffes qui égratigne le cœur, la conscience, ce visiteur qu'on n'a pas invité, ce créancier brutal, cette sorcière qui troublerait jusqu'à la paix des tombeaux et leur ferait vomir leurs morts ? Non, gagne ta richesse, souffre. Et alors nous verrons, malheureux, si tu dissiperas ce que tu auras gagné à la perte de ton sang. Oh ! si je pouvais cacher ce caveau à tous les regards indignes ! oh ! si je pouvais sortir du sépulcre, et m'asseoir sur ce coffre comme une ombre gardienne, et, comme je le fais à cette heure, défendre mes trésors contre l'approche de tout vivant !…

Scène III

Le palais ducal

Albert et le duc

ALBERT

Croyez, sire, que j'ai supporté longtemps la honte de l'amère pauvreté. Si je n'étais réduit à l'extrémité, vous n'auriez jamais entendu ma plainte.

LE DUC

Je vous crois. Un noble chevalier comme vous ne saurait accuser son père sans y être contraint. Il y a peu de fils assez dénaturés pour une telle action. Soyez tranquille : je ferai entendre raison à votre père en tête à tête, sans bruit. Je l'attends ici. Depuis fort longtemps nous ne nous sommes vus. Il avait été l'ami de mon aïeul. Je me rappelle, quand j'étais encore enfant, il m'asseyait sur son cheval, et me couvrait de son lourd casque comme d'une cloche. (*Il regarde par la fenêtre.*) Qui vient là ? n'est-ce pas lui ?

ALBERT

C'est lui, sire.

LE DUC

Passez dans la chambre voisine ; je vous appellerai quand il en sera temps. (*Albert sort. Entre le baron.*) Baron, je suis content de vous voir frais et dispos.

LE BARON

Moi, je suis heureux, sire, d'avoir encore assez de force pour me rendre à vos ordres.

LE DUC

Il y a longtemps, bien longtemps, baron, que nous nous sommes quittés. Vous souvenez-vous de moi ?

LE BARON

Il me semble, sire, que je viens de vous quitter à l'instant. Oh ! vous étiez un enfant plein de vivacité. Le défunt duc me disait souvent : « Philippe (il m'appelait ainsi), que dis-tu de ce bambin ? Dans une vingtaine d'années, nous serons des sots devant lui. » Devant vous, c'est-à-dire.

LE DUC

Nous referons connaissance. Vous avez oublié ma cour.

LE BARON

Je suis vieux, sire ; que ferais-je à la cour ? Vous êtes jeune, vous aimez les tournois, les fêtes ; et moi, je n'y suis plus bon à rien. Si Dieu nous envoyait une guerre, je serais prêt à me hisser en gémissant sur mon cheval ; j'aurais encore assez de force pour tirer mon épée d'une main tremblante, et vous en offrir le service.

LE DUC

Baron, votre zèle nous est connu. Vous avez été l'ami de mon aïeul ; mon père vous avait en grande estime, et moi je vous ai toujours tenu pour un chevalier fidèle et brave. Mais asseyons-nous. — Vous avez des enfants, baron ?

LE BARON

Un seul fils.

LE DUC

Pourquoi ne le vois-je point auprès de moi ? La cour vous importune ; mais il convient à son âge et à sa naissance de se trouver en notre compagnie.

LE BARON

Mon fils n'aime pas la vie mondaine et bruyante. Il est d'un caractère sauvage et sombre. Il erre constamment dans les bois, autour du château, comme un jeune cerf.

LE DUC

Il ne lui sied pas de faire ainsi le sauvage. Une fois à la cour, nous l'habituerons bien vite aux gaietés, aux bals, aux tournois. Envoyez-le-moi, et assignez à votre fils une pension digne du rang qu'il doit tenir… Vous froncez le sourcil ; seriez-vous fatigué de la route ?

LE BARON

Non, sire, je ne ressens pas de fatigue ; mais vous m'avez troublé. Je n'aurais pas voulu dévoiler devant vous… Vous me forcez à dire de mon fils ce que j'aurais voulu vous cacher. Sire, il est malheureusement indigne de vos bontés, indigne même de votre attention. Il passe sa jeunesse dans les vices et les excès d'une mauvaise vie.

LE DUC

Sans doute, baron, c'est parce qu'il est seul. La solitude et l'oisiveté perdent les jeunes gens. Envoyez-le-moi, vous dis-je ; il oubliera ici les habitudes prises dans l'ennui de l'isolement.

LE BARON

Excusez, sire ; mais… en vérité, je ne puis y consentir.

LE DUC

Pourquoi donc ?

LE BARON

Ne pressez pas un vieillard…

LE DUC

Si ; j'exige que vous me révéliez le motif de votre refus.

LE BARON*, après un silence.*

J'en veux à mon fils.

LE DUC

Pourquoi ?

LE BARON

Pour un crime.

LE DUC

Quel crime ? dites.

LE BARON

Excusez, sire.

LE DUC

C'est très-étrange ! serait-ce quelque chose dont vous auriez horreur ?

LE BARON

Oui, horreur.

LE DUC

Qu'a-t-il donc fait ?

LE BARON

Il a voulu… (*baissant la voix*) me tuer.

LE DUC

Vous tuer ! Mais alors je le livrerai à la justice comme un noir scélérat.

LE BARON

Je ne prendrais pas la charge de prouver son crime, quoique je sache fort bien qu'il attend ma mort, quoique je sache aussi qu'il a tenté de…

LE DUC

Quoi donc ?

LE BARON

De me voler.

ALBERT, *s'élançant de la chambre voisine.*

Vous en avez menti, baron.

LE DUC, *à Albert.*

Comment osez-vous paraître ?

LE BARON

Toi… ici !… toi…, tu as osé… tu as pu dire une pareille parole à ton père ? Je mens… et devant notre souverain ! Et c'est à moi… Ne suis-je donc plus un gentilhomme ?

ALBERT

Vous êtes un menteur.

LE BARON

Et la foudre n'a pas encore éclaté, dieux vengeurs ! Ramasse donc cela (*il jette son gant*), et que l'épée nous juge.

ALBERT
(*il ramasse le gant*).

Merci ! Voici le premier don de mon père.

LE DUC

Qu'ai-je vu ? que s'est-il passé devant moi ? Un fils accepte le défi de son vieux père ! Dans quel temps ai-je mis sur ma tête la couronne ducale ! — Taisez-vous tous deux — vous, insensé, et toi, jeune tigre. — Laisse cela, rends-moi ce gant. (*Il le lui arrache.*) Il s'y était cramponné, comme avec des griffes. Monstre, sortez ; et n'osez plus reparaître à mes yeux que je ne vous appelle. (*Albert sort.*) Et vous, malheureux vieillard, n'avez-vous pas honte ?…

LE BARON

Excusez, sire ; je ne puis me tenir debout. Mes genoux fléchissent. J'étouffe, j'étouffe… Où sont mes clefs, mes clefs ?… (*Il tombe.*)

LE DUC

Il se meurt. — Dieu ! quel horrible temps ! Quels cœurs de fer !

La toile tombe.

9 798558 762532